AF607472

HUMANAMENTE (DES)LEALES

Dana Miranda Colina

Aliarediciones

Corrección: Inés González Calo
Diseño de cubierta: Pablo Arellano
Maquetación: Aliar Ediciones

Depósito Legal: GR 85-2026
ISBN: 979-13-88058-53-0

Impreso en España

Edita
ALIAR Ediciones
www.aliarediciones.es
info@aliarediciones.es

HUMANAMENTE (DES)LEALES

Dana Miranda Colina

Para mi familia, por amarme infinitamente.
Para mis amigos, por sostenerme y creer en mí.
A quienes me ayudaron a hilar estas historias.
A las almas que viven contenidas en mis palabras.
En fin, a los humanos que construyeron mi manera
de ver la vida: *reales, duales y frágiles*.

«La vida es cíclica y el final de una historia coincide con el comienzo de otra nueva y ante todo momento de penetrante felicidad siempre hay que esperar otro con igual intensidad de tristeza».

EDGAR MORIN

Agradecimientos

En medio de cualquier cuestionamiento, siempre me encuentro a mí misma volviendo, una y otra vez, a mi infancia, a mi casa, a mis bases.

Creo que eso es, en parte, lo que nos conforma como seres humanos: lo que mostramos a la vida y la manera en la que nos enfrentamos a ella.

Nuestras raíces están siempre ahí: en cada encrucijada, en cada miedo, en cada paso. Nuestros valores y prioridades son los que nos sostienen y nos hacen avanzar hacia un sitio u otro.

A veces es difícil discernir, pues no todo es tan bueno o tan malo como nos enseñaron. La vida sería más fácil si no tuviera tantas aristas, si fuera más negra y no tan grisácea.

Infinitas gracias a las personas detrás de este libro, a quienes me han confiado un poco o mucho de su historia. A mi mamá, una de las mujeres más importantes de mi vida, de quien he aprendido la importancia de la fuerza interna: que la mente es poderosa y, a veces, juega en nuestra contra, pero que la vitalidad es el punto de inflexión para mantenernos íntegros.

Este libro es un vistazo a un mundo interno oscuro, divertido e intenso, pero siempre enriquecido de introspección. Una crítica a nosotros mismos. Un abrir de ojos a la complejidad humana.

Prólogo

A veces creemos conocer a quien tenemos delante. En el vagón de un tren, en la sala de espera de un hospital, paseando por la calle o frente a una copa de vino. Personas que nos muestran su portada sin permitirnos ver su contenido. Sí, hay quienes abren los primeros capítulos. Pero casi nadie te deja llegar hasta el final. Ni siquiera los que tenemos más cerca.

Algunas personas viven con capítulos cerrados, sin dejar que entendamos su historia completa. Otras se dejan leer por partes, como un puzle que pocos saben descifrar. También están las que se abren como diarios, pero que tampoco llegamos a comprender por las inconsistencias en la trama de su saga. O las que ocultan su historia como un archivo clasificado, formando parte de los capítulos de otras personas sin saber, muchas veces, cómo han acabado ahí.

Cada persona es un pequeño libro andante. Un libro lleno de capítulos amables y otros un tanto incómodos. Algunos se cierran. Otros aún no han sido escritos. Y hay relatos que solo conoce su protagonista y que jamás llegarán a contarse. Eso también forma parte de la historia. Una historia en la que, a veces, ni siquiera nosotros mismos aparecemos como parte de ella. Porque, aunque cueste imaginarlo y muchas veces queramos negarlo, jamás llegamos a figurar en las historias de algunos de los nombres que sí aparecen en la nuestra. Y, de forma inconsciente, también al revés.

¿Conocemos todos los capítulos de las personas que nos rodean? ¿Quiénes son protagonistas y personajes secundarios de nuestra historia? ¿Ellos lo saben? ¿Lo sabemos nosotros?

En este pequeño pero inmenso recopilatorio de relatos llamado *Humanamente (des)leales*, los narradores de muchos de estos capítulos no son los protagonistas de su historia. Son personajes secundarios de un tomo con su nombre; testigos pasivos, villanos, simples notas al pie de página, y no pocas veces responsables de que se abran o se cierren nuevos capítulos. La historia de la persona del tren, del hospital, de la calle, de la mesa en la que comemos... o la nuestra propia. Historias que se cruzan como si fueran estrellas fugaces: unas más brillantes que otras. Algunas nos rozan y nos transforman por completo; otras simplemente pasan, como una página en blanco. Y a veces somos conscientes de ello. Otras, no lo sabremos hasta mucho después.

Y así, sin darnos cuenta, vamos escribiendo vidas que no siempre entendemos del todo. Porque, al final, vivir —dentro de todo lo que conlleva ese apasionante concepto— también es contar(se) historias. Historias que introducen nuevos capítulos, que forman el nudo de la nuestra, u otras que acaban como desenlace. *Humanamente (des)leales* no es un mero recopilatorio de relatos escritos al azar. Es un recordatorio vivo de que, aunque muchas veces duela aceptarlo, la humanidad es imperfecta. Está hecha de grietas, silencios, errores y memorias incompletas. Todo ello sobre números al pie de página que solo pocos entienden como tiempo.

Las siguientes páginas nos invitan a mirar hacia dentro. A asumir que fallamos, que herimos, que sentimos. Que no siempre somos justos, ni leales, ni coherentes. Pero que seguimos aquí, intentando entender qué significa ser, simplemente, humanamente (des)leales.

Por ÁNGEL PÉREZ VINIEGRA, *escritor y redactor, mi mejor amigo, mi cómplice en cada idea loca que viene a mi mente.*

Voces indiscretas

Me gustan los secretos. Supongo que viene del morbo inédito que todos llevamos dentro. Ese chispazo que se siente al saber que estás oyendo algo prohibido, o al recordar lo que una desconocida te contó a media voz en un bar de madrugada.

No es que me cambie la vida enterarme de los detalles más íntimos de mis amigas, o que el saber me haga más sabia o interesante. Pero hay algo que se siente parecido a conservar pequeños fragmentos de existencia. Vidas ajenas a la mía (por suerte), realidades que no me pertenecen, pero en las que puedo desplazarme con una libertad líquida, como si fuera un cuerpo de agua.

Supongo que siempre me ha sido fácil ser la caja de Pandora que guarda los cuchicheos de reuniones familiares, las historias incompletas, los relatos a los que cada personaje añade un poco de su sazón. Como cuando mi abuela cuenta que el abuelo la dejó para formar otra familia, y su hermana añade que ella lo supo desde el primer día. Que eso de ser chef en un barco y aparecer solo cada seis meses le olía raro desde el principio.

También ayuda que, cuando las personas me miran, suelen sentirse en sintonía conmigo (no deberían). Supongo que transmito cierta calma, una confianza silenciosa. Porque, aunque amo los secretos que nos unen, también sé —porque lo he vivido— que son un arma de doble filo: nos atan las manos y, en letra pequeña, nos convierten en prisioneros. Nos obligan a hablar con cautela, a mantener la lengua pegada al paladar, a no pronunciar jamás el nombre de quien ya no debe existir en nuestra historia.

Guardo esos momentos no solo por la información en sí, sino por la carga emocional. Recuerdo las lágrimas de mi amiga al decirme que estaba embarazada y quería abortar. La alegría en el rostro del chico que me confesó un amor de tres años, y la desilusión que siguió cuando le dije que yo ya amaba a alguien más.

Cuando me pierdo a mí misma regreso a esos recuerdos. A lo que he sentido a través de otros, a lo que mi piel no ha vivido pero mi empatía ha sabido absorber. Llorar con el dolor ajeno, reír por los logros de otros, bailar con su nostalgia. Es como si me disolviera por completo, solo para redescubrirme —una vez más— humana.

Volver a los secretos es, para mí, como volver a un centro gravitacional. Me recuerda que la vida no puede tomarse tan a lo personal. Que, mientras soy protagonista de mi propia historia, también ocupo el rol de personaje secundario en decenas de otras, e incluso —en algunas— interpreto a la villana malvada.

Fantaseo. Escucho las vocecitas de fondo. Supongo que mi mente distante es lo único bueno que mi madre pudo dejarme.

Ella empezó a delirar cuando yo tenía siete. Podía estar preparando el almuerzo y de pronto arrojar los vegetales al aire porque aseguraba que los brócolis estaban envenenados por la vecina. Al principio no lo entendía; a veces incluso me daba risa, hasta que veía a mi padre llorar en silencio y pedirme que me encerrara en mi cuarto.

Nunca sentí que mi madre fuera peligrosa. De hecho, fue la primera persona en compartir conmigo secretos reales, oscuros, desordenados. Un día decidió que ya no sería mi madre, sino mi amiga. El psicólogo dijo que era su forma de deslindarse de la responsabilidad, que la enfermedad le crecía por dentro como una maleza.

Entonces, me confesó que su hermana había sido novia de mi padre, y que ella se lo había quitado solo porque lo deseaba. Y entendí por qué nunca compartíamos Navidad con ella.

Pero hubo un día clave. Uno que se quedó para siempre en mi memoria.

Me despertó a las tres de la madrugada sin dar explicaciones. Solo me pidió que me pusiera una chaqueta y los zapatos. Manejaba con una mirada desbordada.

Terminamos frente a una casa cualquiera, en un barrio común. Me dijo que mi padre era un desgraciado, que ella ya lo sabía. Frente a la casa estaba el coche de él. Y las piezas empezaban a encajar.

Me pidió que tocara la puerta. Ella bajó del coche también, pero en lugar de seguirme corrió hacia la parte trasera. Para su suerte —o mala suerte— la puerta estaba abierta. Me hizo señas para que la acompañara. Subimos las escaleras, y los gemidos de placer atravesaban las paredes.

Pillado: mi padre y Gelda, su amante. Y yo, testigo silenciosa de la escena, con siete años y una infancia que se rompía en tiempo real.

La policía se llevó a mamá. La otra mujer la acusó de invasión de propiedad. Supongo que ella no entendía —como yo lo hice esa noche— que eso en esencia eran los secretos: pequeñas invasiones a vidas ajenas.

Volví a casa con mi padre, que se había convertido en un hombre distinto. Silencioso. Frío. Avergonzado. ¿Qué puede ser más triste que perder la admiración de tu hija? Yo lloraba en el asiento trasero, con un sentimiento que no sabía cómo explicar.

Pero para qué revivir momentos tan tristes. Si lo que quería contarles era sobre mi mente alocada e imaginativa.

Me diagnosticaron lo mismo que a mamá, a mis tardíos veinte. Y agradezco que mi vida no haya sido tan dramática como la suya. Le agradezco a Dios (supongo), pero también a mi psiquiatra y a las pastillas.

Yo empecé con cosas pequeñas: voces tranquilas que me protegían. Me decían cosas como «¿Cerraste la puerta con llave?» o «¿Segura que el gas no se está saliendo por la estufa? Deberías levantarte a checar». Al principio pensé que era solo mi cabeza hiperactiva. Pero con el tiempo dejaron de preguntar. Empezaron a ordenar.

La medicación me ayuda, aunque también me aísla. Me siento menos humana, como si algo en mí se entumeciera. Por eso intento seguir funcionando con normalidad: trabajo en una oficina vendiendo seguros de vida, como si realmente existiera una suma que pueda comprar la salud y cordura. Sigo saliendo a bares con mis amigas, escuchando sus historias; aunque ahora, mientras lo hago, las voces murmuran. Están ahí, siempre, pero contenidas.

Porque hay algo curioso: al oír un secreto es como si se activaran. Me piden más.

He intentado seguir las indicaciones. Cumplo con el tratamiento, mantengo la rutina, tomo los medicamentos con rigor casi militar. Evito las situaciones que puedan alterar el curso de las voces. Pero hay algo que los manuales no advierten: el silencio externo no garantiza la quietud interna.

El vacío social, la falta de relatos, de confidencias, de emociones compartidas no funciona como antídoto. Al contrario. He descubierto que las voces no requieren de verdad, solo de estímulos.

Y cuando no encuentran relatos que digerir empiezan a devorar lo poco que queda de mí.

Paloma, hija mía

Me hago responsable de cómo llegaste a la vida. De las circunstancias que te rodearon, del entorno en el que creciste y de cómo mi inconsciencia te arrojó a un contexto violento, invirtuoso y corrosivo.

Es el discurso que inventé como autocastigo: las palabras que me repetía cada vez que miraba tus pequeñas manos o pies. Lo compartí cientos de veces con amigos cercanos, y más de una con mi madre, olvidando que ella también había sido hija de la vida temeraria.

Fue un jueves a las diez de la mañana. Los dolores eran insoportables, mucho más de lo que me habían anticipado. Entré en labor de parto en la misma habitación estrecha que apenas podíamos pagar. Seguramente toda la vecindad se enteró de que venías al mundo, mis gritos inundaban las escaleras y traspasaban las finas paredes.

Leonardo no estaba en casa: había salido a trabajar, a ganarse la dignidad de llamarse padre, de hacerse llamar esposo. Y todo eso, al parecer, valía más que el salario miserable que cobraba.

De mi frente brotaban incontables gotas de sudor. Parecía que mi cuerpo entero lloraba y que la tristeza que guardaba en el corazón se escurría por mis poros dilatados, los de una niña a punto de ser madre.

Así llegaste a la vida: en medio del miedo, la carencia y la incertidumbre. Te tomé en brazos cuando mi cuñada, improvisada partera, cortó el hilo que unía tu cuerpo al mío. Esa fue nuestra primera separación. Y ya entonces intuí que con los años vendrían muchas más.

Olías a rosa. No a la flor, sino al color. No sé cómo explicarlo mejor. Solo sé que al verte el mundo se detuvo. No sé si me invadió un amor ensordecedor o si se activó en mí el instinto más primario, ese que tienen las leonas con sus crías y que las lleva a matar por preservación.

Temblé de miedo las primeras seis noches. Llevarte a lo que llamábamos *casa* me pareció la primera violación a tu dignidad. Luego vino la sequía: mis pezones, duros como roca, no dejaban escapar una sola gota de alimento para tu cuerpo débil. Sentí culpa.

Culpa monetaria: tendríamos que gastar en la fórmula que no podíamos pagar. Culpa de madre: verte llorar de hambre me partía las articulaciones y me ponía de rodillas ante la vida. Culpa de la culpa misma: de no ser más fuerte, de no querer —o no poder— salir adelante.

Y sin embargo, debajo de esa gruesa capa de tormento, brillaba una escarcha de alivio. Si morías de hambre, no sufrirías más. Te perpetuaría como mi pequeña, y yo dejaría de luchar contra un mundo que me aplastaba. Qué absurda, qué egoísta, qué ciega era. Porque todavía no sabía lo difícil que se pondrían las cosas.

Cumplí diecisiete años a la par de que tú empezaste a caminar. Lo celebramos por lo alto: te llevé al parque frente a la colonia y, con tu pañal de tela, tocaste la tierra que años después te vería convertida en mujer. El pasto quería ser verde, aunque estaba tan descuidado como todo lo que nos rodeaba. Yo solo quería mirarte, conservarte, congelarte para que ningún mal —peor que tenerme a tu lado— pudiera alcanzarte.

A los tres años ya sabías leer; yo aprendí a los catorce. Nunca fui a la primaria, al menos no de niña. Más tarde lograría sacar, con orgullo, incluso el bachillerato. Pero tú, hija mía, eras un prodigio. Me empeñé en que siguieras en la escuela comunitaria, en que tu padre no decidiera por ti, en que no te casaran con un cuarentón, en que no repitieras mi destino.

A los ocho, recitabas oratoria. La poesía te volvía loca y, dentro de mí, mi corazón lloraba al no entender muchas de las palabras que usabas. Fue entonces cuando yo también comencé a estudiar.

Leonardo se enfureció. Discutimos, forcejeamos. Terminé en el suelo. No recuerdo todos los detalles, solo el humo de la misoginia llenando la cocina. Ese fue el primero de tres años de maltratos, gritos y moretones. Y cuando volví la mirada hacia atrás, tú ya tenías once y preparábamos tu primera comunión.

Una comida sencilla, pero con Dios en primer plano. Leonardo era católico al rojo vivo: podía golpear a su mujer, pero jamás permitiría un divorcio. La negligencia hacia mí misma se había vuelto rutina. Ese día, hija mía, me cansé.

Recuerdo tu vestido blanco, la vela de tu madrina y el rosario que te regalé. Recuerdo tu sonrisa, tan cercana a la madurez. Y luego, de golpe, otra discusión. Un arranque de celos de Leonardo. La gente estaba en el comedor, escuchando. Caí al piso, otra vez. Antes de perder la conciencia, lo último que escuché fue tu grito llamándome, desgarrador. Ese fue el punto de quiebre.

Me dieron el alta siete días después. Una costilla fisurada, la cara hinchada y la nariz intacta por suerte. Mi hermano fue a por mí. Le pedí que me llevara a recoger nuestras cosas. No discutí más. Leonardo lloraba, suplicaba, juraba por su Dios. Lo ignoré. Metí nuestro mundo en cuatro bolsas de basura negras. Te sostuve fuerte contra mi cadera y bajamos las escaleras de la mano. Subiste al coche obediente, sabiendo. Porque entendías todo. Frente a mí no tenía a una niña: tenía a otra sobreviviente. Y lo lamento tanto por eso.

Fuimos felices en momentos sueltos, hija mía. Intenté construir una vida alegre en medio de la crueldad. Empecé a trabajar en una farmacia, doblando turnos, mientras tú brillabas. Cuadros de honor, escolta, mejor promedio. Tu voz cautivaba. A veces querías corregirme cuando añadía «s» donde no debía, pero tu amor siempre me protegía. Irónico: una hija cuidando la fragilidad de su madre.

Ay, hija mía. Te casaste a pesar de que yo sentía que eso te destrozaría la vida. Recuerdo aquella discusión en la que me dijiste: «Yo no soy tú. Yo sí elegí a un buen hombre. Él no es como papá». Se filtró ira, enojo y, sobre todo, tristeza en mi corazón.

Raúl es bondadoso, es cierto. Poco a poco se ha ganado su lugar en la familia. En nuestra pequeña y destrozada familia. Es médico, y no solo eso, cirujano. Te dio una casa grande, hija mía. Y tú estudiaste Enfermería, como si la vida les hubiera regalado un destino complementario. Él te ama, lo veo en sus ojos. Y yo, a pesar de todo, me enternezco.

Sé que estás herida, que hay una parte de ti corroída. Sé que pagaste terapia en cuanto pudiste y hubo incesantes noches de pesadillas. Pero también sé que en medio del dolor de ti florecieron flores silvestres. Que aprendiste a resignificar la vida.

Tienes una mirada llena de brillo interno, y cargas orgullo. De quién eres, de lo que soportaste y de lo maravillosa que es tu nueva realidad.

Hoy me miras llena de orgullo. Me acerco, me abrazas, te abrazo. Lloramos: tristes, felices, con miedo y con paz. Llenas de nosotras. Me susurras al oído: «Gracias, mamá. Lo hemos logrado ambas».

Me siento completa, por primera vez en la vida.

Garibaldi 83, Buenos Aires

Se dice que todos estamos unidos a un mismo cosmos. Una realidad intangible que corre hacia la nada desde hace miles y millones de años. Dicen que somos hermanos, aunque no tan pegados; lo suficiente lejos como para conservar la especie. Algunos aseguran también que existe una persona destinada para cada uno, atada a nosotros por un hilo rojo, invisible a los ojos. Que formamos parte uno del otro, y que nuestros caminos se cruzan por mandatos divinos.

El hilo de la vida es otro mito relacionado con la costura —sin querer faltarle el respeto a los griegos—: un hilo dorado y reluciente que nos lleva al otro lado cuando una de las Moiras decide que se terminó la función. Me da gracia imaginármelas, a las tres, sentadas en ronda, rodeadas de hilos dorados, hilando cuando las mujeres están pariendo, midiendo cuánto van a durar la alegría y la pena de cada criatura, y listas para cortar el hilo cuando ya se embolaron. Todo eso, obvio, con un mate en una mano y una revista de chismes en la otra.

Yo creo que esos hilos son, simplemente, formas de mirar el destino. Maneras que encontramos los humanos para bancarnos los dolores, las ganas y las nostalgias. Para explicar el cómo, el por qué y el para qué de andar en este mundo. Porque si no es para crear, ¿entonces para qué estamos acá?

Conozco a montones de minas creadoras. Mujeres que tienen magia en las manos. Que cosen prendas, bastillas y botones en las almas hechas pelota. Esas mujeres vienen rondando mi familia desde hace generaciones. Mi árbol genealógico está lleno de costureras, modistas, diseñadoras... y, para no romper la racha, yo también soy una de ellas.

Me acuerdo de que la moda me empezó a gustar desde que tengo uso de razón. O tal vez desde que aprendí a decir «esto no me gusta» cada vez que mi vieja me enchufaba un vestido para alguna comida familiar. Aunque, si lo pienso bien, no sé con qué autoridad hablaba, considerando que mi mamá es la mujer que más admiro: dueña de su propia marca y de un localcito en pleno centro de Buenos Aires.

Durante años soñé con ser como ella: quedarme dibujando hasta la madrugada, seguir con los moldes y sacar la vieja —pero hermosa— máquina de coser.

Todavía tengo fresquito el recuerdo de mi vieja poniéndose los anteojos y arrancando a crear una prenda nueva. Desde cero. Sin nada más que su cabeza, sus manos y un montón de telas de colores. Sin Pinterest, sin inteligencia artificial, sin nada de esas modernidades. Solo ella y sus hilos. Cientos y cientos.

Una mina muy inteligente, sin duda. Pero cuando una mira a mi abuela Elvira se da cuenta de dónde viene toda esa sabiduría. Ella fue una nena alegre, una piba soñadora y una mujer de fierro. Con sus manos remendó sus propios vestidos, y cuando le tocó vestir a sus hijos no dudó ni medio segundo. Mi abuela pone el alma en todo lo que hace: no diseña prendas, pero las arregla y las deja hechas un lujo.

Esas dos mujeres son dos pilares en mi vida. Pensar en ellas me hace lagrimear enseguida, me ablanda el corazón. Hoy estoy nerviosa —capaz por eso me sale tanta sanata—. Pero hoy es un día clave: hoy mi vieja me pasa la posta.

Después de tanto soñar de piba y de sacar el título de Diseño y Confección, finalmente me animo a arrancar. A crear.

Mi vieja decidió que ya era hora de jubilar la aguja y el dedal (por lo menos, los de ella). Pero si algo tenía clarísimo era que su marca todavía tenía cuerda para rato. Porque después de treinta años de romperla no podíamos dejar a las clientas sin diseños bien artesanales y originales.

Así que una tarde, mientras nos clavábamos un par de medialunas con mate para la merienda, la señora Carmen (mi mamá) se dio la vuelta, me miró de frente y me tiró: «Che, Anto, ¿vos no te querés quedar con el local? Ya va siendo hora de que una nueva generación vista a las chicas».

Casi me atraganto.

Y acá estoy. Una piba de veinticuatro años, medio perdida, con miedos, con un par de telas en la bodega y cientos de ideas revoloteando para no fallarle a mi familia. Cuando terminara la facu pensaba irme a probar suerte afuera —Nueva York sonaba lindo—, pero nunca se dio la chance. Ahora, después de tanto quilombo, entiendo por qué.

Las cosas, parece, sí están destinadas de alguna manera. Sí existen esos hilos que nos manejan como marionetas. Sí hay una razón detrás de todo lo que no entendemos.

Antes buscaba respuestas donde no era. La felicidad siempre estuvo ahí: en esa vieja máquina de coser que pasa de generación en generación.

Mi corazón, al final, pertenece a Buenos Aires. A la calle Garibaldi 83, bien cerquita de La Boca, el barrio que me vio crecer, el que sembró en mí el amor por crear.

Escarlata vagante

Me deslizo por sus labios una vez más, como casi todas las noches de juerga que suponen un fuerte potencial. Algunas veces me reemplaza por algún otro color, pero en su interior sabe que el rojo pone a todos los hombres. Sobre todo a aquellos que buscan algo prohibido, los que se van de casa a gritos y conducen con una cerveza en mano, de esos que la suben al carro y están dispuestos a pagar la hora más regalías.

Como de costumbre, se mira al espejo una última vez antes de salir a la calle. Me guarda en su bolso, porque siempre viene bien un retoque, y más si es después de haber puesto la boca entre los pantalones de esos «hombres». Camina apresurada, y lo primero que pienso es que algún idiota ha querido faltarle al respeto. Las noches pueden ser bastante movidas y ajetreadas. Y entre el sudor y una piel que pide a gritos auxilio por el asco que le provoca el uso y desecho continuo, creo que ella me utiliza como un arma que la dota de seguridad.

A veces pienso que, sin duda, merece más. Y otras tantas la veo desmaquillarse para, con ello, borrar la falsedad y dar paso a un alma vulnerable que se queda en casa al salir de trabajar. Por las mañanas la escucho llorar, y en algunas ocasiones me ha tenido que utilizar para matizar y lograr ocultar los golpes en su piel. Esos «hombres» suelen abusar de su poder y creen que, tras la paga, pueden hacer lo que les venga en gana. La ven como una muñeca y, por qué no, también como un saco de boxeo con el cual sacar su frustración. Ella se defiende a su manera, pero sabe que saldrá a la calle y tendrá que repetir las mismas escenas.

No escucho sus pensamientos, pero estoy casi seguro de que cada día se muere algo dentro de ella. No es la vida que quería para sí misma; sin embargo, es la vida que se ha visto orillada a ejercer. Cada día tiene que llevar comida a su mesa, y la posibilidad de volver a la realidad abusiva de su hogar le aterra más que vagar por la noche y subirse a coches de desconocidos.

Los hombres de su vida siempre la han tratado mal, como si la maldad fuera inherente al gen masculino. Ella se culpa por sus relaciones fallidas, por confiar en quien no debía, e incluso por haber sido abusada y abandonada por quien debía ser su héroe. Para muchas niñas, su padre es su primer amor y de quien crean expectativas. El de ella llegaba borracho cada madrugada y, tras los gritos incesantes de su madre, se acercaba a su cuarto para darle un severo castigo por no cesar de llorar. Supongo que el abuso se vuelve tan cotidiano que habita el adjetivo de la normalidad.

Una violencia que revive noche tras noche. No solo por parte de esos hombres que le arrebatan su humanidad, sino también por un Gobierno y una Justicia que le han fallado. Por un sistema que la lleva cada día a volver a ponerse en riesgo a ella misma. Otra vez me saca de su pequeño bolso y, antes de pasarme por sus labios, chilla tan alto que la vecina podría volver a llamar a la policía. Creo que fue el sonido de su alma desgarrándose, o tal vez la muerte definitiva de lo que quedaba de ella misma. Está cansada, y las ojeras cada día se marcan más. En el espejo con focos solo puedo notar un cuerpo desgastado y una mente acabada por los somníferos y pastillas que suele tomar para aliviar el dolor.

La ropa corta y los tacones altos le calan más que solo los huesos. Y esa noche sucede un segundo extraño acontecimiento.

Siento cómo el bolso cae al suelo de manera brusca. Y la siguiente escena se produce en lo que parece una comisaría. Estoy dentro de una bolsa de evidencias y escucho las palabras *peritaje* y *pólvora*. Eso me hace pensar que jamás volveré a acompañarla en sus noches en vela, siendo un objeto incapaz de testificar, sentir pena o llorar. Supongo que ella ahora descansará, y la verdadera culpa se la deberían llevar quienes la arrastraron a pensar que estaba encasillada a solo dar placer.

Una obra poco cómica

Mientras llegan los invitados, la música suena de fondo. Mis ojos van de un lado a otro y mis pensamientos giran en torno a si te gustará o no esta sorpresa.

Hace dos noches discutimos. Y solo recordarlo aún me saca de quicio. ¿Cómo es posible que seas tan desleal y que, durante estos últimos seis años, yo haya estado tan ciega?

Caí en la cuenta de nuestra fatal situación hace un par de meses, y fue como si el telón de una obra se hubiera cerrado: de repente, los protagonistas —nosotros — ya no encajaban, la trama ya no era divertida, el guion pastoso y el final asomaba tras bastidores. Y cuando digo final me refiero a un divorcio complicado, sin indicios de terminar como amigos.

Cada día era una escena nueva, pero siempre protagonizada por enfados de contextos pasados. Peleábamos porque la nevera estaba vacía, porque yo no había ido al mercado o limpiado la cocina. Pero, en realidad, era mi manera de protestar porque ya nunca me preguntabas por mi día, si habían ido bien las clases de pilates o si había quedado a desayunar con las amigas. Supongo que buscaba hacerte reaccionar, quería que me volvieras a mirar. Y parecía que lo único que funcionaba era si un día me rebelaba y decidía ya no cocinar más.

La última discusión no fue distinta a una de las tantas peleas de egos que teníamos frecuentemente. Pero esta vez sí que hubo un factor nuevo. O debo decir alguien nuevo. Su nombre es Catrina. No estoy segura de su edad, aunque apostaría a que podrías ser su padre. También desconozco desde hace cuánto está en nuestras vidas —lo digo en plural, porque así es como se supone que tenemos los bienes matrimoniales: compartidos—.

Qué cliché: una esposa engañada que intenta recuperar su matrimonio con detalles y atenciones desmedidas. En mi caso, una fiesta sorpresa por tu cumpleaños número cuarenta. Fue la primera idea que me dio María José, una de mis mejores amigas.

Así que decidí llamar a toda la lista de contactos de tu pequeña agenda negra. Primer error.

Invité a la gente de tu oficina y, de repente, me di cuenta de que no tenía ni idea de quién era tu amigo o enemigo. Siempre has sido reservado, y por lo que pude comprobar las cosas no habían cambiado tanto. Tus contactos se reducían a cinco chicos del área administrativa, tu jefe, tu secretaria y, al final de la lista —como cereza del pastel—, «Catrina, Recursos Humanos».

En un primer instante no me pareció raro. Supuse que sería una señora de setenta y pico años, con la cual solo habrías intercambiado correos para pedir días de vacaciones.

Sin embargo, la ilusión duró poco. Una dulce y joven voz contestó la desesperada llamada que comencé con: «Mi esposo cumple un año más y me gustaría organizar algo pequeño». Pero si hubiera sido honesta, habría dicho: «Ayuda, estoy desesperada y no puedo costearme un divorcio».

La última parte es una cruda realidad. Y a pesar de considerarme una mujer independiente y fuerte, tampoco te quería soltar, porque me daba miedo qué pasaría conmigo. Hace ya cinco años que dejé de trabajar, y es que con tu sueldo alcanzaba para dos platos en la mesa y cada lujo que yo me quisiera dar.

Catrina parecía no entender muy bien la situación al teléfono. Sin embargo, fue educada y, después de incómodas excusas de su parte y bastantes más súplicas de la mía, aceptó acudir a la pequeña fiesta sorpresa. Así fue como terminé invitando a tu amante a nuestro hogar. Aunque, pensándolo bien, probablemente ya lo conociera con anterioridad: desde el amplio ventanal en la cocina hasta el salón de estilo minimalista... e incluso mis cómodas sábanas de ochocientos hilos.

Ahora estoy aquí, en ese mismo salón, rodeada de globos ridículos, un pastel para doce personas en la cocina —que pretendería haber horneado, escondiendo el *ticket* de compra— y dos meseros para asegurarse de que los costosos entrantes salgan a tiempo, los cócteles estén cargados y la cena sea digna de restaurante.

Por la puerta entraron dos jóvenes, ambos vestidos con pantalón sastre, zapatos elegantes y camisa con mancuernas. No parecen mayores de treinta. Me sorprende: tu oficina solía parecer una sala de jubilados. Eso hacía que tú te quejaras constantemente del ambiente laboral, y yo solo pensaba que no podías renunciar. Era el trabajo de tu vida. O tal vez nunca lo fue. Solo era el trabajo que te permitía sostener nuestro estilo de vida acomodado. O debería decir mi estilo de vida.

Me acerco, saludo y le pido a uno de los meseros que guarde los regalos en el armario. Me sonríen de manera educada y me preguntan si aún no ha llegado el cumpleañero. Procedo a explicarles que es una fiesta sorpresa y que estamos esperando a que vuelvas de tomar unas cervezas. Se voltean para mirarse el uno al otro. No sabían que bebías alcohol. Es más, pensaban que estabas en un grupo de AA.

Antes de poder replicar, suena el timbre y me excuso para abrir la puerta. Es un hombre mayor, y de la mano lo coge una señora refinada. Las perlas que lleva en el cuello se ven reales y costosas. Me saludan cordialmente y me entregan un regalo que se ve realmente fino. Roberto se presenta como el jefe del despacho y me felicita por tener un marido tan trabajador. Su forma de expresarse y la manera en que mueve las manos me hacen notar la petulancia que corre innatamente por sus venas. Su mujer se queda solo como eso: *la mujer de*. Sin nombre, sin personalidad, y mucho menos permiso para hablar. Solo mira, asiente y sonríe. Tal vez ese era el tipo de esposa que me faltó ser.

Uno de los camareros se acerca a ofrecer vino y me saca de mis pensamientos intrusivos. Aprovecho para acercarme a la cocina y corroborar que la cena se esté cocinando de manera correcta y, sobre todo, que esté lista en treinta minutos.

Al regresar al salón, mi cuello da un giro de 180 grados y, como un niño que ve por primera vez las estrellas, yo la admiro a ella. Se encuentra camuflada entre los anteriores chicos y nuevos invitados que han llegado. Aunque *camuflada* es la peor palabra: ella, sin lugar a dudas, resalta.

Es esbelta —diría que de un metro setenta— y luce un vestido formal ceñido, color perla, envidiable. Lo escrupulosa que se ve me sorprende más que lo guapa que es. No sé, me la imaginaba más vulgar, pero ahora lo entiendo todo. Ella es recatada, morena y se ríe constantemente. Definitivamente, es todo lo contrario a mí. Seguramente, ella no se queja por tu hábito de mordisquearte las uñas, no te exige ser un tipo de hombre, y mucho menos usa desmedidamente tu tarjeta de crédito.

Cojo una copa de champán y me acerco para incorporarme al grupo de gente, aunque la intención es dirigirme exclusivamente a ella. No sé si es cortesía, falsedad o puro morbo.

—¿Una copa? Solo para amenizar la espera —digo, esperando que la bella dama se gire y pueda tenerla cara a cara.

Efectivamente, ella se gira. Dios mío, es incluso más linda de cerca. Y se ve aún más veinteañera. Ninguna arruga recorre su rostro y los daños del sol son inexistentes en el color de su piel. Las pecas incluso la hacen lucir exótica, pero inocente.

—¡Gracias! Es una casa preciosa —dice, mientras coge la copa de mi mano.

Sus dedos rozan los míos y un sentimiento extraño se apodera de mí. No es rabia, ni celos. Creo que es lo más parecido a la derrota. Me siento vieja, arrogante y como una tonta por sentirme más merecedora que ella. El título de esposa no me añade nada.

Quiero continuar la conversación, pero mi teléfono interrumpe el momento. Le hago una seña con la mano por respeto antes de coger la llamada. Es Juan, nuestro portero, avisándome de que el señor acaba de aparcar el coche, justo como lo habíamos planeado. Le agradezco su ayuda y cuelgo de inmediato. Tenemos escasos minutos. Y vaya que serían escasos.

Le informo a los invitados que has llegado, que no tardarás más de unos minutos en subir y entrar a casa. Les pido que se escondan y que, cuando se abra la puerta, todos salten y griten «¡Sorpresa!». Un cliché más añadido a la escena. El último.

Estamos a oscuras y los segundos me parecen eternos. Empiezo a ver imágenes mentales falsas, y en todas estás de la mano de Catrina o cenando con ella en un elegante restaurante. Ella se ve estupenda, y yo me siento una espía, alguien que mira la obra tras bambalinas. Ahora entiendo por qué no me cuestionas, por qué no me miras, por qué no me tocas. Todo parece irreal, pero es que pasé de protagonista a actriz secundaria.

El sonido de tus zapatos me devuelve a la realidad. Necesito sonreír y fingir. Necesito que te sorprendas, que me veas, que me vuelvas a elegir. Necesito que me quieras.

Como debía de ser: la gente gritó, las luces se encendieron y las serpentinas volaron por los 45 m^2 del salón. Sin embargo, lo que pasó después sí que no estaba planeado.

—Nos hemos equivocado... ese no es Antonio —dice uno de los chicos elegantes.

¿Quién demonios es Antonio? ¿Y por qué mi esposo parece estar al borde de un ataque de pánico? Me acerco a él y me mira sin dar crédito a lo que está pasando.

—Paula, ¿quién es toda esta gente y qué hacen en casa?

Estoy pálida, puedo sentirlo. Veo a los demás y regreso la mirada a él. No estoy entendiendo nada.

—¿Cómo que quiénes son? ¡Es la gente de tu oficina! ¿Tus compañeros? ¿Tus amigos? —Mi voz se quiebra, pero me rehúso a creer que la vida se está riendo de mí... y con espectadores incluidos.

La gente está flipando y lo puedo ver en sus rostros. Nadie entiende qué está sucediendo. Y yo quiero morirme en este mismo instante. Que la tierra me trague ya no suena tan descabellado como en las series de televisión.

—¿Qué dices, mujer? ¡Si yo a esta gente no la conozco! ¡No conozco a nadie! ¿De dónde has sacado a todos estos?

Definitivamente, esa última frase rompe mi psique. Estallo. Me da igual la gente, los camareros y el maldito champán de veinte euros la botella.

—¡Pero si son todos contactos de tu estúpida agenda negra! ¡Están todos! ¿Qué me dices de esa, la tal Catrina? ¡Tan desvergonzado serás para negarla frente a mí!

—Joder, Paula... Esta vez sí que se te ha ido la cabeza. Yo no conozco a esa chica. No la conozco a ella... ni a nadie.

Catrina se acerca a la situación, a pesar de que es la zona de peligro. Me coge del hombro para llamar mi atención.

—Perdona... ¿no era el cumpleaños de Antonio? ¿Tu esposo no es Antonio?

Creo que la pregunta se responde sola, y mi mirada matadora solo hace que ella retroceda en silencio. Vuelvo a mirar a mi marido, porque este asunto es entre él y yo. No necesito esta falsa fiesta para saber que los problemas de nuestra relación son las mentiras y las apariencias.

Hago un gesto con la mano para que no se mueva y me espere. Entonces salgo corriendo a la habitación a por la agenda. Regreso al salón en tiempo récord y me digo a mí misma que podría ser velocista. Le muestro la pequeña libreta.

—Tu agenda de contactos... ¡Son todos ellos! Julián, Javier, tu jefe Roberto, tu secretaria... Por Dios, ¡está ella también! Catrina... ¿Ves? Aquí dice su nombre.

Paso las hojas mientras digo los nombres y apunto a cada dato escrito en aquella agenda.

Pablo me mira como nunca antes. Parece una cara de compasión, pero al segundo me doy cuenta de que es miedo lo que recorre su cuerpo. Cada uno de sus poros se dilata y sus ojos buscan discreción. Me da un poco de pena... y aún no entiendo por qué.

Se vuelve hacia sus supuestos compañeros y amigos. Con mucha calma les pide disculpas a todos por el gran malentendido y por hacerles perder su tiempo. Les dice que cojan los canapés que quieran y que, si se llevan alguna que otra botella de champán, no habrá ningún problema.

Él está ahí. El hombre que siempre me rescata de mis enredos, que viene a limpiar los desastres de mi mal genio, el que me convence una y otra vez de darle una segunda oportunidad a mi madre. Siempre templado, neutro y evitando más golpes a mi ego.

La gente empieza a desalojar la casa. Para mi sorpresa, ya me encuentro sentada en el sofá, repleto de confetis y ceniza de cigarro (a pesar de que pedí que no fumaran). Veo cómo Pablo les paga a los meseros y todos se van.

Una dulce sonrisa se cruza con mi mirada, y a lo lejos la jovencita que creía amante de mi marido se despide con un movimiento de mano y gesticula con los labios un «Gracias y lo siento mucho». Me parece encantador el gesto. Después de haber quedado como la mujer más loca, ella aún se despide con gracia. Sí que es una dama inmaculada.

El salón se percibe frío, y me abrazo a mí misma. Pablo se acerca y se quita la americana para posarla sobre mis hombros y protegerme de lo que se avecina. Se coloca a una distancia prudente y me mira a los ojos, con vergüenza.

—Paula... siento muchísimo que hayas tenido que pasar por esto. Pero siento más que te enteres de esta manera.

Mis ojos se abren, expectantes e impacientes.

—Esta agenda no es mía, como ya te habrás dado cuenta. Es de Antonio, un amigo que conocí en el club... De hecho, ese día te lo conté, pero ya me habías dejado de escuchar. Bueno... la verdad es que he pasado mucho tiempo con él. Y poco a poco... creo que he empezado a sentir cosas por él.

El aire se espesa y creo que no respiro. Siento un nudo en la garganta. Me siento disociada. En un instante, no sé quién soy. No me reconozco como Paula.

Pero los segundos pasan, y Pablo continúa moviendo los labios para explicar algo que no quiero oír. Que no puedo oír.

Me llevo las manos al pecho y me retraigo en posición fetal para proteger mi cuerpo. Sabía que me eras infiel, pero no sabía que no te conocía. Que dormía al lado de un total extraño. Que decía estar enamorada del hombre de mi vida... cuando tú también tenías al tuyo.

Siento tus brazos envolviéndome. Abrazas mi frágil cuerpo.

Me pides que te mire a los ojos, que por favor te entienda. Alegas que hace años que solo somos compañeros de piso. Que antes de Antonio tú tampoco sabías quién eras. Prometes que en su momento me habías amado, pero ya no me deseabas. Que te has dado cuenta de que llevabas años reprimiéndote por el qué dirán y por miedo a que tus gustos afectaran tu éxito profesional.

¿Sigue siendo un cliché esta historia?

Recojo mi cuerpo, me quito tu peso de encima. Te digo que estaré en la habitación, que puedes dormir en la cama si así lo quieres, o en el sofá. Me miras sin entender lo que sucede. De mi boca sale un «Gracias por pagarle a los chicos del servicio». Y desaparezco camino a lo que solía ser nuestra habitación.

Ojos que no ven

Nunca he sido amante de las sillas mecedoras. Me recuerdan a una familia ausente y a mi vieja abuela, meciéndose antes de llegar a su lecho de muerte. Se sentaba en la antigua silla de madera que teníamos en el centro del salón de casa, y pasaba tardes enteras con la radio de fondo y el movimiento al compás de las baladas.

Sin embargo, mi opinión sobre ese antiguo mueble ha empezado a cambiar desde hace unas semanas, cuando —por raro que parezca— fue a través de ella que me percaté de tu presencia. Es extraño cómo, en menos de un par de meses, te has esfumado de mi mirada. Por más que me esfuerce me es imposible siquiera ver tu sombra. Por suerte, los vaivenes de la mecedora y tu rutina definida me recuerdan tu hora de lectura matutina.

Solíamos hacer todo juntos, desde citas extrovertidas hasta quedarnos metidos entre las sábanas los domingos de resaca. En la combinación química de nuestro enamoramiento parecía que incluso respirábamos el mismo aire. Recuerdo la noche de la cineteca y cómo robaste el coche de tus padres para después llevarme al mirador, donde bailamos bajo las estrellas hasta altas horas de la madrugada. Hoy eso me parece lejano, distante, incluso impensable. ¿Qué se sentiría al volver a ser así de jóvenes? ¿Al sentirse así de vivos?

Mi teléfono suena a lo lejos y, en un instante, me saca del trance de la nostalgia. Es mi madre preguntándome cómo te encuentras y si al final te han dado el ascenso en la oficina que tanto esperabas. El solo hecho de mencionarte me parece desgastante, como hablar de algo que ya no existe. Porque ya no apareces en mi campo visual. Te has convertido en parte de mi mundo imaginario, ese en el que mis memorias resguardan momentos vividos y a meros conocidos.

Alguna vez existió Clara. Ella era mi mejor amiga de la escuela; la quise tanto que incluso un día llegué a verla a colores, con alta definición y, si habláramos a nivel profesional, estoy segura de que tendría más de trescientos píxeles por pulgada.

Clara y yo compartimos la infancia, la pubertad y ciertos momentos de la adolescencia. Hasta que un día, en clase de deportes, ya no me pasó el balón nunca más. Dos días antes habíamos discutido, eso también es verdad. Me había dicho que le gustaba Rodrigo, y yo le confesé que le había dado algún que otro beso en la fiesta de Marta. Su cara se desvaneció al escuchar la confesión, y realmente no sé si estaba enojada o más bien decepcionada. En ambos casos, el escenario no pintaba bien. Le pedí perdón cientos de veces, pero ella se aferró a verme como la villana, e incluso ese día me echó de su casa. Después del suceso en la cancha de fútbol, me di cuenta de que había desaparecido para ella. Clara ya no me veía más. Decidió dejar de quererme, y así pasé a su imaginario: a lo que un día fui, pero ya no más.

Creo que ahora entiendo a Clara, aunque me gustaría tener una razón como ella. Me encantaría estar rabiosa de coraje o llena de decepción. Sin embargo, palpo cerca de mi corazón y no hay nada. No sé cómo fue que dejé de verte. Simplemente, una mañana desperté y, sin querer, tropecé contigo en la cocina. Juraría que no estabas en casa, hasta que escuché tu reclamo. Rápidamente me apresuré a decirte que estaba cansada y sin gafas. Te acercaste y susurraste un «No te preocupes, cariño», y después, como si se tratara de un fantasma, sentí tu beso en la mejilla. Pero ya no te veía.

Temo que la próxima vez no estés en la silla mecedora, leyendo como de costumbre. Que te encuentres en el comedor mirando hacia el jardín y yo me cruce sin saludarte, o que decidas echar una siesta en el sofá y yo me siente encima de tus piernas. Me da miedo dejar de ver esa mecedora moviéndose, porque significaría que también te he perdido.

Xerta

Recuerdo el primer día que llegamos al refugio. Era un edificio pequeño, ubicado cerca de la playa, de no más de cuatro pisos de alto, con escaleras de peldaños antiguos. Mudarse nunca es fácil, o al menos eso parece.

Andrés cargó nuestras cosas, me advirtió que vendrían cambios inesperados, pero alegres. Me miró con esa expresión de «te amaré toda la vida», me tomó en brazos y me llevó a nuestro nuevo hogar.

En el segundo piso de aquella tranquila y pintoresca morada —como todas las del barrio— vivía una dama refinada: obsesiva de la lectura, la cultura y el crecimiento del alma humana. Lo supe al ver su extensa biblioteca, donde se mezclaban autores grandes (e incomprendidos) como Cortázar, amantes desgarradoras como Pizarnik y voces contemporáneas como la autora de *Normal people*.

Su nombre se volvió parte de la rutina, al igual que su presencia. Ya la conocía: solía pasar fines de semana en nuestra anterior casa y lograba dibujar sonrisas gigantes en el rostro de Andrés.

Al principio, la observaba con cautela. Me mantenía a distancia, alerta ante la extraña. Pero debo admitir que, con el tiempo, comencé a posarme en sus piernas y a dejarme acariciar por sus suaves manos.

Vivir con Jenna fue como entrar en un cuento de hadas. El balcón se convirtió en mi rincón favorito del refugio, y pronto adopté la costumbre de salir a tomar el aire en las calurosas tardes de verano. Andrés y ella me querían. Y vaya que lo hacían.

Los vi enamorarse poco a poco. Los vi discutir cuando Andrés cometía alguna tontería —como suelen hacer los hombres—, pero sobre todo los vi construirse mutuamente.

La creación no era un territorio nuevo para ambos. Ella, una escritora nata aunque aún en silencio; él, un fotógrafo de naturaleza, capturándola cada vez que podía, sorprendiéndola distraída (incluso así se veía impoluta). No sé en qué momento surgió aquella loca idea en sus cabezas. Lo que sí sé es que nunca pusieron excusas para seguir sus sueños.

Primero vinieron las largas charlas nocturnas, luego las llamadas para confirmar que su plan era posible, después los viajes cortos, el diseño de los planos, las firmas de contratos... y en algún punto, no sé exactamente cuándo, apareció ella.

Sabía que Jenna y Andrés estaban trabajando en algo muy importante, su mayor creación. Lo que no sabía era que eso implicaría no verlos durante semanas. Y aunque siempre me consideré un ser independiente y solitario, necesitaba que alguien me echara una mano.

El cerrojo giró y, de pronto, una mujer vivaz pero gris cruzó la puerta. Yo estaba justo frente al portal, esperando, convencido de que eran ellos. Tenía los ojos grandes y negros, casi tan oscuros como mi pelaje. Parecía joven, y el sol le había teñido el cabello de un rubio cálido.

Me miró, se agachó a mi altura. Supongo que quería ganarse mi confianza. Me dijo su nombre y que Jenna la había enviado. Me alzó en brazos antes de que pudiera reaccionar, y como si nos conociéramos de toda la vida me abrazó y me besó los bigotes.

Me sentí amenazado, no lo niego. Pero la vi instalarse con naturalidad en nuestro refugio: desempacó una maleta, colocó sus cremas en el tocador y se echó una larga siesta. Y, para ser honestos, me acerqué con sigilo a observar cómo respiraba mientras dormía.

Se la veía sincera, aunque no sé cómo explicarlo. Había algo en ella... una especie de inocencia. Más tarde entendí que también era tristeza.

La escuché llorar la primera noche, y la vi retorcerse como si el dolor no solo habitara dentro de ella. Me preocupé. Esa noche me quedé a su lado, durmiendo a un centímetro de su piel. Algo en mi naturaleza me ataba a ella.

Cada mañana se aseguraba de que tuviera agua fresca y mi comida favorita. Mientras almorzaba, yo me sentaba a su lado. Pronto comenzamos a compartir los días. Me acariciaba con ternura y se angustiaba si me notaba toser de forma extraña.

Se convirtió en mi amiga, y yo, en algo así como su guardián. Me posaba en sus piernas con frecuencia, como si mi presencia pudiera aliviar el peso de su tristeza.

El duelo es complicado. Lo he visto muchas veces en los humanos. La decepción les corroe por dentro, y si es por amor parece doler aún más.

La vi cepillarse el pelo durante quince noches, llorando frente al espejo. Con voz entrecortada se preguntaba por qué nadie la elegía. Yo la miraba con mis ojos verde olivo, y ella sostenía mi mirada con los suyos, negro azabache.

Sin darnos cuenta, comenzamos a sanar. Ella ya no lloraba frente al espejo, y yo ya no esperaba junto a la puerta. Éramos dos soledades distintas que, por un tiempo, encontraron hogar en el mismo corazón.

Tras el castillo de ladrillos rojos

Descubrí mi mayor poder al cumplir trece años. O, quizá, debería decir: fue entonces cuando comenzó mi maldición.

Ocurrió después del pícnic, de la paliza que me dio mi padrastro, del abuso, y también después de esa vez en que la nutrióloga del *ballet* me llamó gorda por primera vez, a pesar de que mi cuerpo apenas pesaba cuarenta y tres kilos.

Creo que la maldición se instaló poco a poco en mi mente, como una enredadera que trepa sin pedir permiso, llenándome de emociones y recuerdos dolorosos que no tenía con quién compartir.

Al inicio fue un susurro, una voz casi imperceptible, pero tan hiriente como un cuchillo. Crítica, rígida, implacable. La descubrí frente al espejo, dictándome sentencias, obligándome a subirme a la balanza cada mañana para recibir el castigo del día.

Era como si alguien me hubiera puesto unas gafas invisibles: con ellas veía las virtudes ajenas magnificadas, mientras mis pequeños defectos y errores se transformaban en monstruos.

Empecé a ser, como decían los demás, «demasiado buena»: demasiado buena amiga, demasiado buena novia, demasiado buena bailarina. Por dentro, en cambio, algo mío se moría. Me sentía víctima sin querer serlo, agotada, drenada por un vampiro energético que, en realidad, llevaba dentro.

¿Serían mis heridas pasadas? ¿Las manos de aquel extraño aún corrompiendo mi inocencia? ¿O era yo misma?

El odio no parecía venir de afuera. El veneno no me lo habían dado, sentía que yo misma lo estaba administrando.

Me encerré en lo que yo no era, en lo que debería y en lo que trataba forzosamente de ser. Y mientras toda esta tormenta mojaba mi interior, por fuera me la pasaba elogiando a los demás, enriqueciéndolos mientras me quedaba más y más pobre.

Todos afuera parecían brillar: amigas, parejas, tutores. Yo solo contemplaba virtudes y éxitos, hasta quedar deslumbrada. Y cuando miraba hacia adentro, todo era oscuridad.

Así empezó una guerra interna. No había buenos ni malos, solo supervivencia. Una mente viciada, enfrentada a un deseo feroz de estar bien, de recuperarme, de vivir.

Pero de esa herida brotó también una capacidad nueva: una sensibilidad que me volvió intensamente empática, intensamente perceptiva, intensamente yo.

El dolor, que tantas veces me hundía, me convirtió en un lugar seguro para otros. Un refugio. Me hice confidente de sentimientos, testigo de vulnerabilidades, amiga sólida y discreta.

Dentro del caos aprendí a construir. Y seguí construyendo.

No he terminado la obra: los cimientos, a veces, todavía se tambalean, pero avanzo.

Ahora dispongo de ladrillos más firmes, de un cemento hecho de pensamientos nuevos, meditaciones largas y una voluntad inquebrantable de no volver a derrumbarme.

Ya no quiero ser choza. Quiero ser el castillo que llevo años soñando.

Disolución disruptiva

La miré a los ojos y no sentí que fuéramos ella y yo. Por primera vez en nuestras vidas, me pareció ajena, distinta, inconsistente. Como si la Mara frente a mí fuese una impostora, un doble imperfecto.

La dualidad ha sido la raíz de mi existencia desde antes de nacer: compartimos nutrientes, vientre e incluso un ADN casi idéntico.

Mara y yo aprendimos a comunicarnos sin palabras, como si nuestros cerebros estuvieran enlazados a un radar secreto en el que sus angustias, deseos y necesidades se volvían también míos. No sé lo que significa ser un individuo, y es extraño, porque en un mundo que exige mirar solo por uno mismo yo me descubro cada día buscando la mirada de Mara.

Hace unos meses que todo empezó a cambiar, o tal vez fui yo quien dejó de reconocerla. Volví de mi internado en Londres; apenas resistí seis meses lejos de ella, despertando a medianoche con el horario de California incrustado en el cuerpo.

A mi regreso ya no era la misma: tenía mechas rosas, uñas acrílicas y un pendiente en la comisura de la boca. Una imagen insólita para alguien como nosotras, criadas en colegios católicos y en la alta sociedad de Manhattan. Antes nos reíamos de chicas así, nos burlábamos de sus faldas cortas, de sus cabellos de unicornio, de su falta de «decoro» para aspirar a un buen marido.

Y sin embargo, cuando me saludó, la sentí en el pecho como siempre. Me dije a mí misma que solo atravesaba la etapa de la rebeldía y que en el fondo seguíamos siendo iguales.

Pero los cambios se multiplicaron. Una mañana Leti, nuestra nana, preparó tostadas francesas y bocadillos de jamón con queso: lo de siempre, dulce para mí y salado para ella. Pero Mara lo rechazó sin dar explicaciones, como si en realidad jamás hubiera disfrutado de lo que durante años celebrábamos como un ritual. Desde ese día nunca volvió a probar nada de origen animal.

Después vinieron los libros, los discursos, las palabras que no parecían suyas. La escuchaba repetir ideas de Bourdieu, de Beauvoir, como si alguien más le hubiera prestado un pensamiento extraño. Se negaba a acompañarme con mis amigas, evitaba a su novio, despreciaba nuestro mundo como si fuera una farsa.

La escuchaba cuestionar nuestra posición social, el dinero familiar, la idea del matrimonio como simple transacción de bienes. Yo la observaba en silencio.

En casa, papá y mamá se mostraban inquietos. La veían marchar a huelgas, a refugios de mujeres violentadas, causas que para nosotros resultaban demasiado ruidosas, demasiado terrenales, lejos de la elegancia de comprar entradas para una gala del MET (eso ya lo considerábamos beneficencia).

Yo tampoco entendía, pero lo mío no era solo preocupación: era miedo. Un miedo visceral, como si me estuvieran arrancando una parte del cuerpo.

Porque eso era ella: mi otra mitad. Y al verla transformarse sentía que yo me descomponía.

A veces me pregunto si en realidad Mara sigue siendo mi hermana, o si la verdadera sigue atrapada en algún lugar, mientras esta nueva ocupa su cuerpo. No sé si todavía la reconozco... o si lo que no quiero reconocer es la soledad que deja su nueva yo.

La realidad es que nunca fuimos una sola. Que Mara, en su huida, no se estaba alejando de mí, sino encontrándose por fin a sí misma.

Tal vez, la impostora siempre he sido yo.

Recordarte

Manuel tenía dieciséis cuando nos conocimos. Yo veintidós. Éramos unos chavitos. Él estaba en la Prepa 3, la misma donde estudiaba mi hermana Rosa. Decía que quería ser artista, fotógrafo para ser exactos. Rosa, en cambio, soñaba con ser periodista, de esas que narran en la radio.

Nos vimos por primera vez en una fiesta clandestina, en un estacionamiento enorme de la ciudad. Pagué diez pesos para entrar. Fui con Pepe, Carlos y Sergio, estábamos buscando a Rosa, que siempre se metía donde no debía.

Ahí estaba, con su amiga Karina y un cabrón que en ese momento no conocía, pero que después no se me borraría nunca de la memoria: Manuel. Los tres estaban borrachos. A mí me dio coraje encontrar a Rosa así, me enojé y la jalé del brazo. Manuel se metió en medio sin saber que yo era su hermano.

Pensé: ¿quién se cree este pendejo? Y lo solté en voz alta. Manuel se encabronó, quiso soltarme un golpe, pero Pepe y los otros ya lo tenían agarrado. Vi la cara de Rosa, toda preocupada; y la verdad, me dio vergüenza: éramos varios güeyes más grandes contra un morro de prepa.

Los separé, me llevé a Rosa y también a Manuel. Nos subimos al metro. Miré a los ojos a Manuel y le dije que Rosa no tenía edad para andar de novia y que mejor la dejara en paz. Él no contestó nada.

Con el tiempo empezó a aparecer cada vez más en la casa. Hacía trabajos con Rosa, se quedaba a comer, platicaba con mi madre, nos subimos a la azotea a fumar. Y yo, que al principio lo veía como un mocoso, terminé agarrándole cariño. Era como un hermano añadido.

La universidad me traía jodido. Medicina era una chinga, pero mis papás estaban felices con el «futuro doctor». Entrar a la UNAM era un logro. Aun así, para ese entonces los pasillos estaban llenos de rumores, discusiones y gritos: que en México no había libertad, que Ordaz era un dictador, que Fidel era un chingón. Todo estaba dividido, como si nos hubieran puesto en bandos. Estábamos polarizados.

Pepe y Carlos, que estudiaban en el Poli, me contaban de las broncas en las vocas. Un día me llevaron a una casa en Naucalpan. Nunca voy a olvidar lo que vi: tres chavos tirados sobre una cama, uno muerto, los otros dos apenas respirando. El primo de Pepe estaba ahí. El olor a sangre y gas me revolvió el estómago. Era la primera vez que la muerte me respiraba en la cara.

Desde ahí, ya nada fue igual.

Los granaderos entraban a las prepas a golpes. Manuel y Rosa estaban en clase de sociología cuando los sacaron a patadas. Manuel protegió a mi hermana y se llevó la peor parte. Solo por eso ya le debía un chingo.

Mientras tanto, yo me metí en una brigada médica: curábamos heridos en marchas y acompañábamos a los nuestros. Fue ahí donde conocí a Noah. Estudiaba medicina también, quería ser neurocirujana. Leía como si se le fuera la vida en eso. Hija de buena familia, pudo haber estudiado en la Ibero, pero ahí estaba, metida con nosotros. Me jaló fuerte al movimiento.

Para agosto, Noah ya estaba metida hasta el cuello: entró al Consejo Nacional de Huelga. Manuel también empezaba a moverse más. No porque quisiera fama, sino porque admiraba la fuerza de los que se plantaban frente al poder. Y estar cerca de Noah era un imán.

El pliego petitorio fue la chispa. Solo seis cosas pedíamos. Y con eso nos declararon la guerra.

El 2 de octubre amanecí con un dolor raro en el cuerpo, como presagio. El mitin era en Tlatelolco, en la plaza de las Tres Culturas. Noah hablaría, Manuel estaría con el comité, Rosa no fue porque tenía que ir a casa de mi abuelita con mi mamá. Yo quería detener a Noah, pero no había forma: era más terca que nada.

Lo que pasó ahí no se puede describir. Balas, gritos, cuerpos cayendo. El olor a pólvora, la muerte caminando entre nosotros. El Gobierno nos calló a plomo.

Noah sobrevivió por ser sobrina de un militar importante. Pero aun así la retuvieron, la humillaron, la torturaron. Pero salió viva.

Manuel no.

Al principio pensé que había escapado, que estaba escondido, que alguien lo había protegido. Me aferré a esa idea. Pero era mentira. Manuel desapareció ese día y nunca volvió.

Murió por sus ideales. Por esa esperanza juvenil que nos comía a todos. Porque creíamos de verdad que podíamos cambiar este país.

¿Cómo le explicas eso a las familias? ¿Cómo les dices que los suyos se fueron para siempre? Que nos equivocamos, que tenían razón al decirnos que paráramos. No escuchamos.

Pensábamos que íbamos a cambiar al mundo. Pero solo el mundo nos cambió a nosotros.

Lloramos. Callamos. Nos odiamos. Nos avergonzamos. Echamos culpas. Nos echaron la culpa.

Nada trajo de vuelta a Manuel. Nada le devolvió a Rosa su primer amor. Nada me devolvió a mi mejor amigo.

Perdimos.

En la colmena

La delgada línea entre hacer por deber y hacer por voluntad parece transgredirse constantemente en sitios como estos. Lugares donde hemos perdido la capacidad de ser nosotras mismas, nuestra libertad. Somos prisioneras, pero gozamos de ciertos privilegios. Vivimos entre la banalidad y la monstruosidad. Ahí donde la visceralidad de nuestra realidad nos trastoca la mente y la supervivencia se convierte en brújula.

Fui secuestrada el 5 de enero de 1995. Era mi cumpleaños número veintiuno. No estaba emocionada: tenía nervios. Esa noche saldría a cenar con mis padres y pensaba darles una noticia que los destrozaría. Mi padre seguramente me echaría de la casa; mi madre lloraría. Aunque jamás lo sabré, porque nunca llegué a ese encuentro.

Salí de casa de Ingrid después de tres horas llorando en su cama. Fue ella quien me animó a hacerme la prueba, aunque algo dentro de mí ya lo gritaba: «Claro que sí, tarada, claro que estás embarazada». Cristian no era el mejor partido; yo tampoco. Éramos muy jóvenes. Él estudiaba Derecho, yo estaba en la liga superior de atletas de alto rendimiento. Nos conocimos en el cumpleaños de Ingrid.

Nos gustamos desde el primer segundo. Era todo lo contrario a mí y a ambos nos gustaba escapar de la realidad. Fumamos juntos esa primera noche, la siguiente y las que siguieron hasta que me invitó a vivir en su departamento por un mes. Sus *roommates* se habían ido a sus ciudades natales y él se quedaría en la capital por una pasantía en un bufete importante.

Yo no lo pensé mucho. Nunca pienso mucho, al parecer. Me caía bien, me hacía reír y cocinaba la cena cada noche. Yo seguía entrenando con normalidad y en mi casa creían que vivía con Ingrid.

Recuerdo cómo me acariciaba la cara, cómo me mordía el labio al besarme, cómo pasábamos horas admirándonos en la cama.

Pero ninguno de los dos estaba enamorado. Mucho menos listos para ser padres. Él iba en tercer año de carrera, yo soñaba con las olimpiadas. Un bebé no cabía en los planes, no en los míos.

Su cara se quedó pálida al ver la prueba positiva sobre el buró. Yo temblaba como si hubiera corrido un maratón. Lloraba como una niña y él solo maldecía. Me tomó de los hombros, me miró fijo y me rogó que no lo tuviera. «Ese bebé no puede ser, ni siquiera somos novios», me dijo.

No volví a su casa esa noche, ni a la siguiente, ni nunca más. Me resguardé con Ingrid para no alarmar a mis padres. Pero mi cumpleaños estaba cerca y tendría que confesar la tontería en la que me había metido. ¿Por qué no me cuidé? ¿Por qué siempre me creí invencible?

Después de eso, vino la oscuridad. Como si me hubieran noqueado en un sueño perpetuo y aturdidor. Desperté con una sed inmensa, las muñecas atadas y un dolor de cabeza insoportable. Llevaba puesto el vestido y los tacones que mi madre me regaló para la cena.

Sentí alivio al verme vestida. Fue mi primera reacción. Después vino la conmoción, el miedo, la ira, el llanto ensordecedor. Entonces apareció él.

Se presentó como Julio. Dijo que no me haría daño, que si cooperaba sería amable. Detrás de él estaba una chica: Esmeralda. Podría tener mi edad o menos. Era dominicana y llevaba dos años cautiva.

Cuando Julio se fue, ella me consoló. Me explicó las reglas y el funcionamiento de la colmena, como la llamaban.

Éramos siete. Yo era la más nueva. La primera había llegado hacía siete años —o eso calculaba—. Se llamaba Isabel, la favorita de Julio, la que gozaba de más privilegios.

No tardó en darse cuenta de que conmigo se había equivocado. No solo porque era rebelde y respondona, sino porque el vientre me empezó a crecer. Creo que lo supo desde el principio. A mí nunca me tocó, parecía tener cierto «respeto». A veces me preguntaba por qué estaba ahí, si ni siquiera me miraba.

Esmeralda era la peor parada. Julio se la llevaba al panal cada vez que quería. Volvía con golpes, rasguños, infecciones que la dejaban en cama con fiebre.

Yo seguía gestando mientras el horror me rodeaba. La primera vez que Julio me llevó al panal pensé que era el fin. Me pidió que me sentara, él se acomodó en una silla frente a mí. Me preguntó la edad. «El día que me secuestraste cumplí veintiuno», respondí. Rio durante un minuto, me dio el pésame y preguntó si había ido al médico. Al día siguiente me llevó a uno de los mejores hospitales de la ciudad y compró todo lo que el ginecólogo indicó.

Sentí algo parecido al aprecio, mezclado con ganas de vomitar. No sé si era desprecio o síntomas del embarazo. Me aterraba pensar en el síndrome de Estocolmo.

Cuando supe que sería niña me invadió la tristeza y el miedo. A Julio, en cambio, le brillaron los ojos. Sentí odio.

Aurora, la encargada de la comida, sugirió un *baby shower*. Esmeralda estaba ilusionada con celebrarlo. Se lo contaron a Julio. Al día siguiente nos llevó a todas a la peluquería. Preguntó: «¿A qué lugar solías ir tú?». Yo, sin pensar, dije el más caro que recordé. Y así fue. Secado y peinado de 120 dólares. Una locura: ¿cómo explicas a la sociedad que estás secuestrada pero con el pelo y las uñas recién hechas?

A veces pienso que lo hacía para lavarnos la mente, para humillarnos. Otras, que le importábamos, que nos quería en el fondo, que no era tan malo. Qué idiota.

La mañana de mi parto fue también el día del incidente. Esmeralda llevaba dos días de reposo porque la última vez que Julio la violó se le fue la mano con la violencia. Eso a veces pasaba. Cuando tenía un mal día, cuando no cerraba un trato en su empresa o cuando su esposa tenía la mínima sospecha de que algo raro había en su marido.

Sin embargo, esa vez había sido diferente. Nunca irrumpía en nuestras habitaciones a medianoche. Ese día lo hizo. Estaba borracho, olí el alcohol a la distancia, y tenía el pantalón ya abajo. Ni siquiera la despertó, solo la jaló del pelo y se la llevó. Me quedé de piedra en la habitación. No podía hacer nada, estaba de nueve meses y solo rogaba por poder tener a Mía.

Me puse en labor después del desayuno. Y anunciaron su muerte a la hora de la cena.

Mis gritos se mezclaban con los de Esmeralda, aunque los míos pedían abrir paso y los suyos imploraban el cierre definitivo. Parir y morir sucedían al mismo tiempo, bajo el mismo techo.

Mientras mi hija llegaba al mundo, Esmeralda lo dejaba atrás. Yo no sabía si estaba pariendo vida o recogiendo muerte. Tampoco si la colmena llegaría a su fin o sería para siempre.

El armario de mi alma

Algunas prendas nos protegen de dolores internos. Camisetas que aún conservan olores familiares, aunque ya no pertenezcan a nuestra realidad; peinetas de boda que fueron de las tatarabuelas y que aún desprenden añoranza y nostalgia por lo que fue y ya no será. También están esas sudaderas que algún día nos quitaron el frío y que ahora nos congelan por la ausencia de sus dueños.

La ropa nos viste, nos recubre y, al parecer, nos da mucho más. Nos envuelve en sensaciones, memorias y cientos de experiencias grabadas en sus costuras. Guardamos nuestras mejores galas para eventos importantes y repetimos una y otra vez: «Ya me lo pondré en una ocasión especial». Sin embargo, los meses pasan, la etiqueta sigue puesta y una fina capa de polvo comienza a cubrir la tela.

Guardamos prendas como guardamos personas. No queremos que les pase nada, que no se manchen demasiado, que el ciclo del centrifugado no las dañe, que los botones estén bien cosidos y que nos duren lo máximo posible. Pero, como con las personas, hay calidades y situaciones. La moda rápida son aquellos vínculos que llegan como estaciones: coincidimos con ellos en un verano caluroso, en fiestas donde todo parece una conexión gigantesca. Sin embargo, bastan unas cuantas lavadas para notar un desgaste peculiar. El color ya no es tan vivaz como antes y cada vez las usamos menos. Hasta que, finalmente, nos damos cuenta de que para la siguiente temporada ya no haremos más vermuts juntos.

Entonces, ¿qué ocurre con esas amistades de la infancia? Con tu mejor amiga, a quien le contaste sobre tu primer beso y que ayudó a juntar las piezas de tu corazón roto. Con esos amigos del colegio que dejaron el recinto, pero se quedaron tatuados en el alma. Ellos son, para mí, lo que yo llamaría una prenda sostenible. No solo por la cantidad de tiempo que llevan en tu vida, ni por lo suave que aún es el tejido de su composición, sino porque, como la misma palabra indica, son aquellos que te sostienen. Están en las buenas y en las malas. Son con quienes puedes ir al bar a tomar unas cañas y, a la vez, los que te sacan de un apuro sin dudarlo. Como los buenos jerséis de cachemir que cada invierno recubren nuestras entrañas y abrigan como lo han hecho los últimos cinco años. No solo hay calidad y confort, hay confianza. Confianza para volverlos a guardar en el armario y saber que, sin importar nada, ahí estarán la próxima temporada. Y la siguiente. Para cuando la lluvia llegue en primavera y el sol se esconda tras el horizonte.

Hoy creo que he logrado crear un buen armario: algo así como una cápsula de prendas que, contadas con los dedos de las manos, me sacan de apuros y disfruto vistiendo.

Helena es la primera: mi amiga desde el parvulario, esa niña que hoy es mujer, y que es como una camiseta blanca básica de primera. De calidad inigualable y con una horma que siempre se adapta a mí, sin importar los años ni todo lo que hemos cambiado. Luego está Hugo, esa buena chaqueta de cuero café que no puede faltar en el armario. Él te llena de confianza, de planes de terraza y de algún que otro cigarro con charlas que dan para toda una madrugada.

Sofía es quien más color da a mis días y a mis *outfits*. Es el jersey más divino que he visto, de una tela exquisita que puedes usar en primavera y que, incluso bajo un anorak, abriga perfectamente en invierno. Su color turquesa es tan vivo que cada año parece más lindo. Me acompaña a clases de cerámica y reímos tanto que parecemos un par de locas.

Natalia y Agustina son el par perfecto. No solo por ser las únicas gemelas del grupo, sino porque son como esas botas negras que han dado mil batallas. Saben dónde está la buena fiesta, pero también te acompañan a los lugares elegantes. Son amigas de corazón, de las que dicen verdades siempre desde un lugar de amor.

Víctor, definitivamente, es mi vaquero perfecto. Ese que se ajusta a la cintura y hace buen tipo. Que ha pasado por cientos de lavadas y se mantiene intacto, con ese azul marino que impresiona más que el mar. Es mi sitio seguro, mi abrazo cálido y con quien siempre puedo ser yo misma.

Y, finalmente —aunque no por eso menos importante—, está Alba, mi abrigo del alma. De un color *beige* que se conserva con el tiempo y siempre mantiene ese tono clásico y elegante. Con botones de alta gama que deslumbran por ser tan genuinos, como su propia alma. La conocí por casualidad en un mercadillo *vintage* y nos gustamos tanto que, sin dudarlo, me la llevé a casa. Durmió en mi antiguo piso durante unas semanas. Le enseñé a remendarse algunos agujeros que dejaron amores pasados y, desde entonces, nos hicimos hermanas.

Los años pasan y las modas también. Los ciclos se repiten y la sociedad avanza y retrocede. Todos vamos y venimos. Descartamos ropa, tendencias y personas que nos lastimaron. Nos quedamos con lo bueno, lo real, lo que viene con una etiqueta de garantía. Cuidamos a quienes nos importan y ponemos la lavadora en modo «delicado». Buscamos prosperar, perdurar en el tiempo... aunque el tiempo solo es valioso si aún tenemos a nuestras prendas imprescindibles.

(¿Se entendió que no hablaba solo de ropa, verdad?).

A la deriva de la costa

La vida después del aislamiento es extraña. El tiempo me parece engañoso, una construcción retorcida, una maquiavélica forma de condenarme, a pesar de encontrarme, finalmente, en el exterior.

La gente se me acerca, sonríe, habla. Yo contesto por cortesía, pero me cuesta conectar. Estaba acostumbrada a tomar algún trago con amigas cuando salía al boliche, pero se siente como si hubieran pasado siglos desde ese momento. Ahora me encuentro aquí, con un ron a las rocas y la mirada bastante perdida.

Hace una semana estaba allá, ahora estoy acá. Hace una semana no tenía posibilidades ni escapatoria, ahora no tengo rumbo ni idea de cómo es estar fuera. Entonces, se vuelve paradójico, estoy libre pero me siento presa, presa de lo que era, de lo que vivía, de lo que fue cotidiano pero ya no lo es más. ¿Qué se hace con una libertad tan grande? ¿Qué es lo que tengo que desear o a lo que aspirar? ¿Tengo derecho a ello, o ya lo he perdido en los años de encierro? ¿O tendré que hacer algo para adquirirlo de vuelta?

La gente insiste, se acerca otra vez. Son amables, y eso se siente bien, pero ¿cómo arrancar una conversación cuando no podés decir de dónde venís y tampoco sabés adónde vas? Sonreír es fácil, pero después... ¿qué?

A veces pienso si quedará muy bruto decir que pasé cinco años en un cautiverio bestial. Secuestrada, torturada, presa política... y, hace una semana, liberada en un país que todavía se me hace surreal.

Nací en la Argentina en el 57. Crecí como muchas pibas con un estatus económico medio-alto. Padres amorosos. Regalos en Navidades. Familia afectiva. Una casa propia y un colegio privado, todo prolijo, todo ordenado.

Sin embargo, como muchos de los jóvenes en los años setenta caí en las manos del comunismo y socialismo. Tomé ideales que mis compañeros de clase igualmente profesaban, creí en la libertad, en que necesitábamos un cambio, en que nosotros (en esencia) éramos el cambio.

No sé si me equivoqué pero lo que sucedió como consecuencia parecía un castigo, por lo menos durante años me arrepentí constantemente de mis decisiones. Me juzgué fuertemente y deseé echar el tiempo atrás y haberme dejado de tantas bobadas.

Como muchos más, empecé a militar con tan solo diecinueve años. Y como tenía que pasar —o por mi mala suerte— caí. Fui secuestrada por los militares una semana antes de mi viaje a París. Por los pelos me quedé en el infierno. Mi secuestro no fue diferente a los demás: fue violento en alta frecuencia. Pensé que me matarían las primeras dos noches, la tortura era insoportable, o eso pensaba hasta que al cuarto día seguía con vida y lo había «soportado». Los gritos de los demás eran ensordecedores y el ambiente era pesado, tal vez porque el dolor y desolación se encontraban en el aire.

Tengo que admitirlo. Canté. Y no fue porque fuera débil —como lo pensé durante demasiado tiempo— ni tampoco porque fuera una mala persona, militante o amiga. Fue porque soy humana. Era joven, tenía miedo y sentía un exceso de dolor. Estaba desesperada, solo quería que todo parara. Sin pensarlo dos veces, después de dos días largos de sufrimiento, di los datos del novio de mi prima: un pibe importante de uno de los cuerpos militantes.

Lloré, y lloré mucho, a pesar de que el llanto ya no me regulaba. Y cuando las violaciones empezaron me sentí muerta por dentro. Mas, sin embargo, acá estoy con el trago aún en la mano, con la costa frente a mis ojos y con miedo, miedo de lo que tanto tiempo anhelé: la libertad.

Cuando empecé mi «recuperación» —como ellos le decían— me pusieron a laburar con la máquina de escribir. Tanto dinero gastado en mi educación y ahí estaba, escribiendo al dictado. Supongo que sirvió de algo haber estudiado taquigrafía: mi pago fue seguir con vida. Que no es poco, aunque en esas condiciones tampoco era mucho. Paradójico, otra vez. Sabía inglés y algo de francés, así que me usaban para traducir, para tipear, para lo que necesitaran. Solo me usaban.

Pero sobrevivir era eso: adaptarse a lo que tocaba.

Algunos dirán que soy una superviviente; los que no entiendan lo que fue la militancia y me tengan aprecio. Los demás, los que estuvieron en grupos militantes, los que encarnaron lo que esa revolución de ideales fue, solo me visualizarán como una traidora, como una vendida al Estado, una pendeja que se doblegó y no murió como heroína por sus ideales.

Yo solo puedo pensar que le tuve miedo a la vida. Le tuve miedo a morder la pastilla de cianuro. Le tuve miedo al cuarto oscuro, a las palizas, a las violaciones. Le tuve miedo a seguir viva. Y también a morirme.

Entre tanto miedo dejé de ser quien era. Fui lo que pude ser. Lo que me dejaron ser.

No me arrepiento de cómo actué o cómo no lo hice. Miro el mar una vez más. Escucho la música y aprecio la belleza de Barcelona. España me ha recibido con todo este dolor y estas marcas profundas en mi alma. No se parece en nada a Buenos Aires, no me parece ni remotamente cercano. Aunque en ello también hay belleza.

Mis viejos se mantienen al margen. Los vi una sola vez, el día que me avisaron de que me iban a liberar. Lloramos cinco horas seguidas en un hotel cerca de la calle Martín García Mérou. Ese mismo día me llevaron al aeropuerto. Fue la primera vez, en cinco años, que Sebastián Kaplan y Lidia Pamphilis supieron que su hija estaba viva. Ya me daban por muerta. Incluso me habían hecho un funeral.

Morí. En muchos sentidos. Simbólico, espiritual, esencial e ideológico. Y aun así me encuentro respirando brisa marina europea. Qué ironía, ¿no?

Me quedo con la mirada perdida en los hielos del vaso ya vacío. Entiendo que la verdadera condena y bendición es esta: aprender a vivir después de haberme creído muerta en vida.

ÍNDICE

Este libro se terminó de editar en Granada
en febrero de 2026 por

www.aliarediciones.es

info@aliarediciones.es